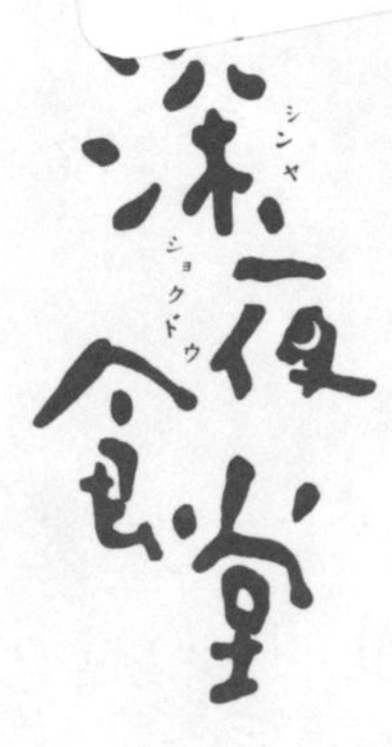

19

安倍夜郎

菜單

凌晨4時

第 254 夜◎生蛋拌飯

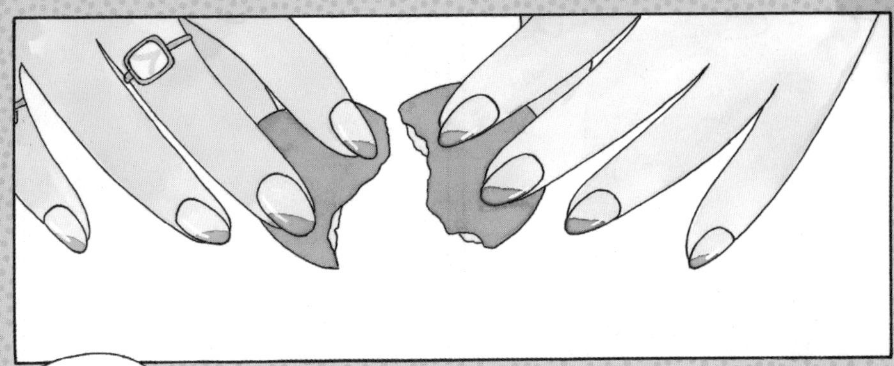

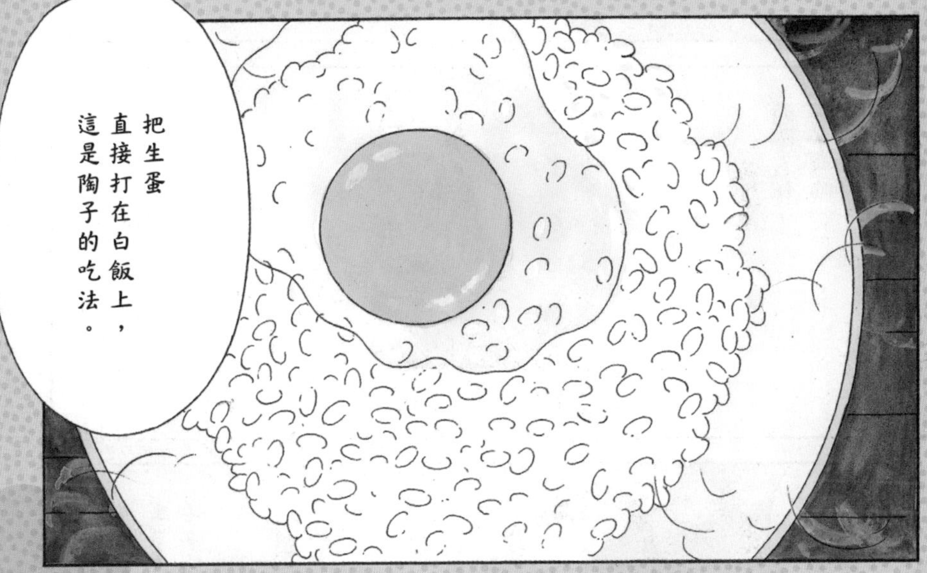

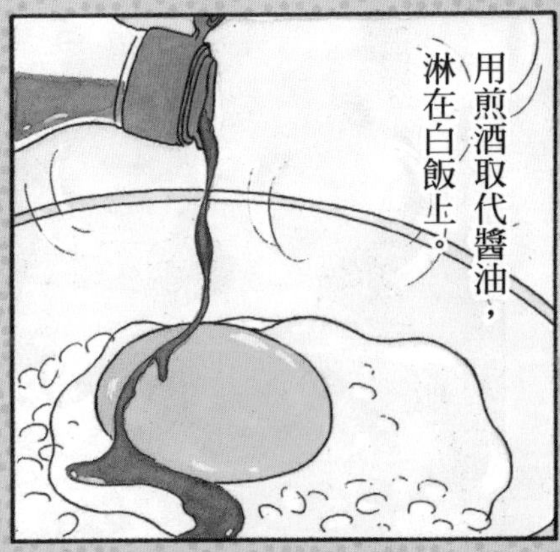

※ 煎酒（煎り酒）：將柴魚、梅子等加入日本酒熬煮而成的調味醬。

時隔五年，陶子今晚突然到店裡來了。

用煎酒淋生蛋拌飯怎麼樣？

好吃！終於有回到日本的感覺了。

大家好。
喀啦

麻里鈴！

陶子?!妳什麼時候回來的啊？

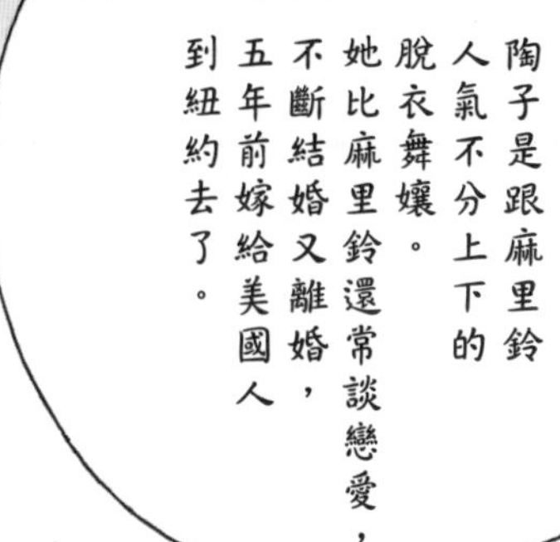
陶子是跟麻里鈴人氣不分上下的脫衣舞孃。
她比麻里鈴還常談戀愛，不斷結婚又離婚，五年前嫁給美國人到紐約去了。

這是小幹，我們同居很久了。
您好。
麻里鈴……妳不是喜歡帥哥嗎？

哼，我已經受夠帥哥了。成天出軌……但是陶子，妳這次撐得很久呢。五年嗎？
中間分手過一次，但是又和好了。

麻里鈴，我要不要重回舞台啊……

我在紐約也去舞蹈教室，現在好想跳舞喔。
好，我去跟經理說一下！

陶子要復出嗎？

於是──
復出
陶子粉絲同賀
美味的陶子

陶子歡迎回來！
等好久了！

果然在
舞台上
很棒啊。
是吧?!

好久沒見到
陶子，我眼淚
都掉下來啦。

忠先生，
謝謝你。

陶子開始演出，
客人不少，她也很開心。
但有一天
她臉色黯淡地來店裡。

妳能看一下
這個嗎？
哎?!

「小比類卷陶子
女士，您是不是
我媽媽呢？今翔
平敬上」這是誰？

我十九歲的時候跟第一任老公生的小孩。我離開青森的家時就跟他分開了。

他現在幾歲啦？

十八吧……
為什麼突然來找妳？

可能是在社交網站上搜尋到了？我在美國的時候註冊過帳號，但一直沒有用……我的本姓很罕見。

但是，那真的是令郎嗎？

……

在那之後他們互傳訊息，陶子好像跟他見面了。
めし

眉間跟陶子一模一樣啊。

是吧?!我一眼就知道他是翔平。

他從青森的工業高中畢業，現在在川口的土木行上班。他底下有弟妹，跟繼母好像也處得很好。

他說在公司宿舍裡跟同事聊到母親的話題，於是上網搜尋了。

他問我為什麼跟他爸爸離婚。
妳怎麼說？

你們還聊了什麼？十七年沒見了吧?!

我說你爸爸很有女人緣，別人都不肯放過他呢。

令郎怎麼叫妳啊？

陶子小姐……

陶子小姐……結婚了嗎？
沒有，現在單身。

您在做什麼呢？

我是脫衣舞孃。在新宿表演，要來看嗎？

妳幹嘛說這種話啊？
事到如今要瞞也瞞不住了。

翔平怎麼說呢？

他低著頭
滿臉通紅。
嘻嘻嘻……

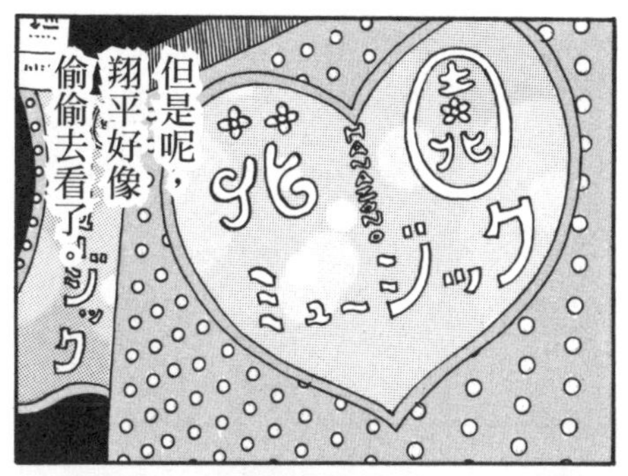
但是呢，
翔平好像
偷偷去看了。
ミュージック

！

在那之後
已經一個月了，
他一直沒和我
聯絡……
應該是
嚇到了吧。
看到把自己
生出來的地方。
E

陶子，妳不傳訊息給他嗎？

嗯……我只回信。來者不拒，去者不追啊……

這個月十號是翔平生日。要不要約他去吃烤肉呢？

翔平生日當晚——

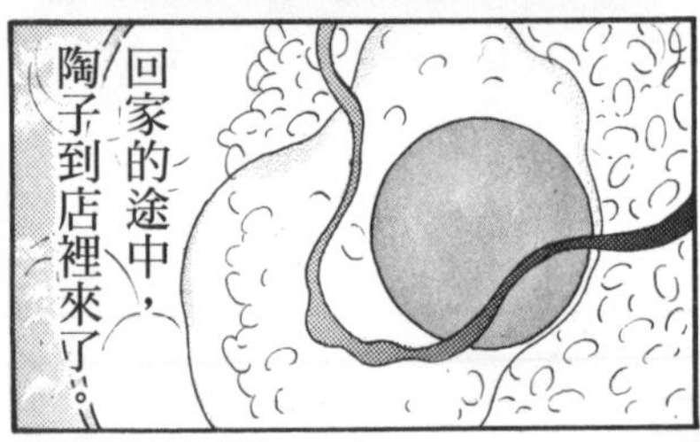
回家的途中，陶子到店裡來了!!

剛才分開的時候，翔平說……

陶子小姐，謝謝妳把我生下來。

第255夜◎油炸孢子甘藍

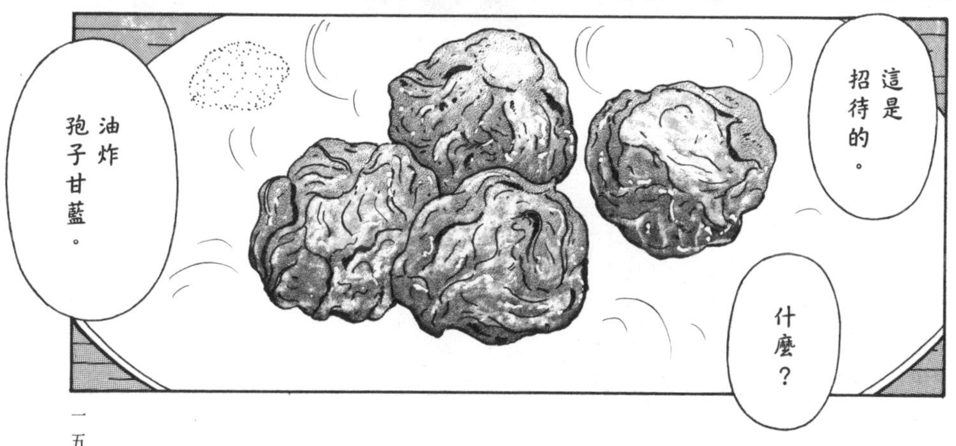

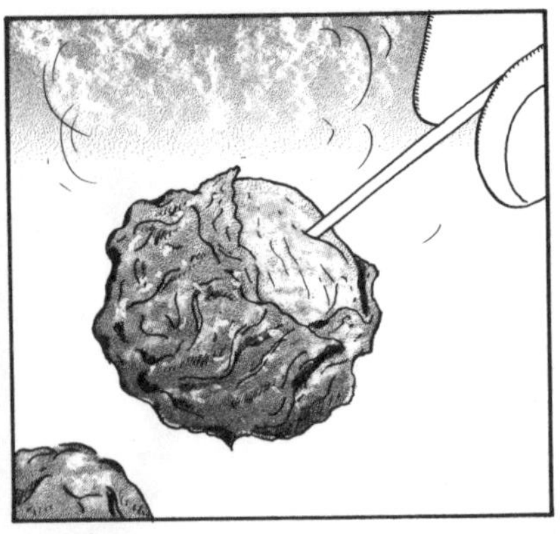

※2017年11月東京的末班電車，0點50分從新宿站發車。

咦，
脆脆江?!

?!
嗯……
我是。

終於見到你了！
我是你的粉絲！
百子小姐追蹤在二丁目同志酒吧工作的脆脆江的部落格，是他的粉絲，所以才到店裡來。她想著說不定哪天能在店裡碰到脆脆江。

那妳就直接來我們酒吧啊。

一個女人自己去同志酒吧困難度太高了啦。

老闆，再來一份油炸孢子甘藍和啤酒！

沒關係嗎？不是要趕末班電車？

油炸孢子甘藍，久等了。

沒關係，我搭第一班車回去就好。

果然跟啤酒很搭。
真的，有點苦味正好。多少都吃得下！
體型相似的兩人意氣相投，把店裡所有孢子甘藍一掃而空──

然後一起出去夜遊了。
脆脆江今天好像不上班。

兩週後──
大家好。

歡迎光臨。
百子小姐
不是一個月
來一次嗎？

老闆，
快看！
我們今天穿
姊妹裝！
喏～

沒關係沒關
係，我老公
今天也出差
不在家。

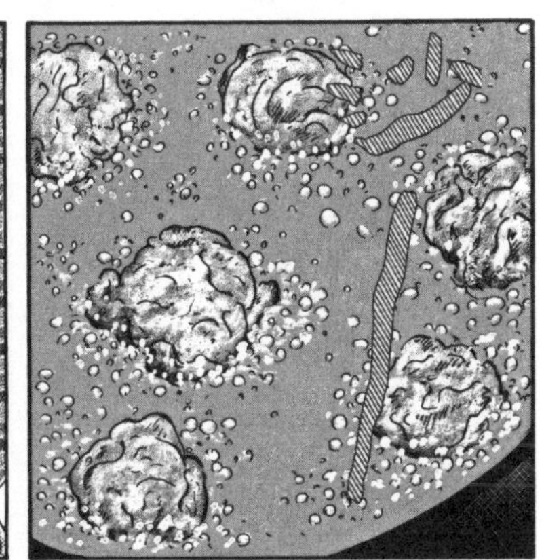

你看
這個。
什麼
啊？

夾在我以前
看過的書裡。
這是誰？
我和老公
結婚前照的。
我生了小孩以後
胖了四十公斤。

太可惜了，
俊男美女啊……
妳先生
沒有意見嗎？

嗯。
那個人已經對我
沒興趣了。
他是那種上鉤的魚
就不會餵的人。

哎喲，
不是已經
餵得飽飽
的了嗎？
你是
什麼意
思？

哈哈哈，
抱歉抱歉。
孢子甘藍，
久等了。

對了，
剛剛跟你打招
呼，長得像炸焦
的孢子甘藍的人
是誰啊？

討厭，
百子好壞喔！
那是富士子。
山梨建築公司
的社長。
他偶爾會來玩。
他喜歡
扮女裝。

哎喲，富士子小姐今天也好漂亮。
這不是脆脆江嗎，你好嗎？

真的有喜歡扮女裝的人呢。

對吧，老闆。
嗯，他們偶爾也會來店裡。打扮了就想給別人看吧。

很多喔。這附近有好幾家女裝俱樂部。

哎……有點倒彈啊。
不只有那種像妖怪的，也有美人喔。

百子小姐
點了第二盤
油炸孢子甘藍，
去了洗手間之後
喀啦

大家好。
哎喲，脆脆江你在啊?!

歡迎光臨。

富士子小姐，你常來這家店嗎？

討厭，不是脆脆江你告訴我的嗎。
啊，我來介紹，這位是惠子小姐。
大家好。

好漂亮……惠子小姐真是風情萬種。

哪裡，你嘴真甜。嘻嘻……

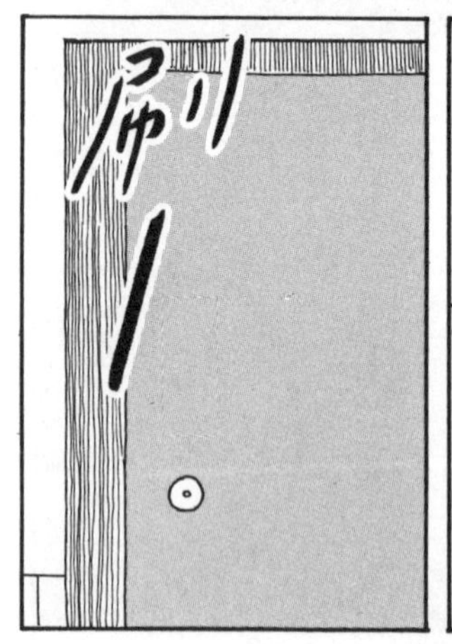
刷ー

咦?!
惠子小姐
怎麼啦?

啊~
輕鬆了。

?!
喀
啦
惠子小姐
看見百子小姐,
動如脫兔般
立刻逃走了。

怎麼
回事?
……
這麼
突然,
怎麼了啊。

……

脆脆江說，
逃出去的惠子小姐
是百子小姐的先生。
他謊稱出差，其實是
扮女裝出來玩。

現在她每個月讓
老公扮一次女裝，
但是老公每週要
照顧小孩一次，
同時扣他零用錢。

在那之後
百子開始減肥，
都不來玩啦。

聽你一說，
真的沒見到她
了。突然減肥
是為什麼？

覺得輸了啊。
輸給扮女裝的
老公，很不甘
心吧。

原來如此……
那脆脆江
你不減肥嗎？

才不減呢～
人家天生
就是胖子。
老闆，
給我大盤油炸
孢子甘藍！

第256夜◎味噌奶油拉麵

寒冷的冬日
就想吃味噌拉麵。
店裡的拉麵是泡麵，
味噌拉麵是北海道一番的。
料就是豆芽、大蔥和一片叉燒肉。
客人要的話，就加上一塊奶油。

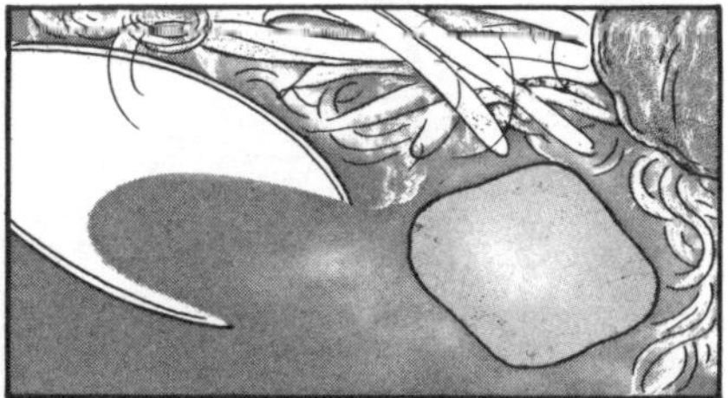

偶爾吃一次
真好吃。
栗山當上班族
進入第二年，
是最近常來的新客人。

是啊，
冬天果然
還是這味。

我老媽
高興的時候
也會做。
完全沒放料，
只加一塊奶油。

媽媽的味道
是泡麵?!

味噌
奶油拉麵！
喀啦

就是啊。
除此之外
幾乎都外食，
總是吃外面
店裡賣的……

?!

味噌奶油拉麵久等了。

好。

嗚嗚。
果然要這味。

對吧！
……

明明是泡麵，不用特地來店裡也可以吃啊。

很麻煩啊。
一個人住要洗鍋洗碗。
在家就吃杯麵了。

我老婆不肯煮這個。
都要吃自然食品、有機食品什麼的……

真是的……
那天要是有去買保險套就好啦。

?!

松田先生是奉子成婚吧。

在那之後忍耐了二十一年……
松田先生來店裡
多半是跟太太吵架
不想回家的日子。

不高興就分開啊。

老婆很討厭，但女兒很可愛啊。

喏，看這個！

之前成人式拍的。

長得很像您啊……

是吧?!我的夢想是陪我女兒走紅毯。

但其實不想讓她嫁人的。

不管怎麼說，松田先生還是很幸福啦。

めし
十天後——

……
又來了。

真是的……那天要是有去買保險套就好啦……

喀啦

歡迎光臨。怎麼啦？臉色不好。

我女友說她有了……

嘶
嘶
……
嘶

快逃吧。要是我就會逃。
哎?!

不是結婚、就是要說服她拿掉、再不就逃跑。

……

像我……本來要說服她，卻反而被說服，結果變成這樣。我現在還是覺得當時要是逃跑就好了。

逃跑的話女兒怎麼辦？

雖然現在無法想像沒有女兒的人生，但要是沒生下她，情況應該就不一樣了。我跟老婆都是……

要逃的話就趁現在，不然會後悔喔。
是我的話一定逃。

一個月後，說這種話的松田先生……

……

味噌奶油拉麵，久等了。

我女兒……懷孕了。

哎……男方呢？

好像是她的大學學長。那傢伙跑掉了……
他女兒跟對方說懷孕了，那人就說要留學，立刻去了加拿大。松田先生說是對方父母讓他逃跑的……

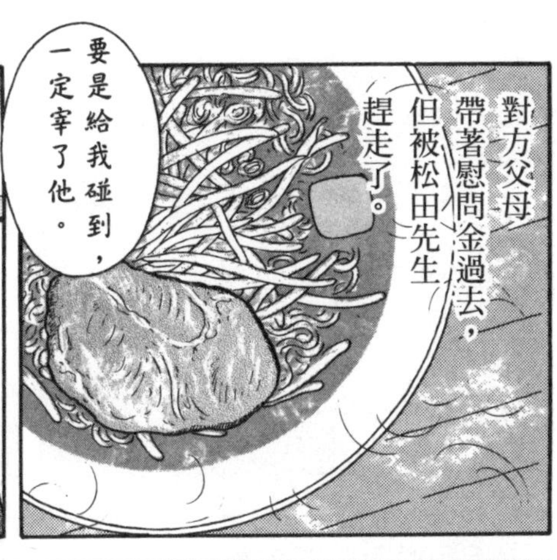
對方父母帶著慰問金過去，但被松田先生趕走了。
要是給我碰到，一定宰了他。

真過份。那你女兒呢？

她啊……說要生，不聽我和老婆勸……

呼。

這麼說來，栗山怎麼樣了？

他決定結婚。

栗山媽媽開了好幾家美容沙龍，是個女強人，而且是單親媽媽……她一眼看到栗山的女友就非常中意。

這樣啊……
太好了。
幫我跟栗山
說恭喜。

好，
我會跟
他說。

兩週後——
めしや

這樣啊
……

他女兒
怎麼辦呢？

松田先生說，
要生下來就
做好養育的
心理準備了。

松田先生
是不會逃
跑的人啊。
雖然嘴裡
那麼說。
就是。

第257夜◎小松菜炒油豆腐皮

店裡的客人
很多是從事餐飲相關行業，
自己的店關門後就來這裡坐坐。
這樣的客人
都很期待每天不同的小菜。
因為我會盡量用
當季的食材來做。

怎麼樣，
最近
好多了嗎？

終於啊……
紗和子媽媽桑
小她八歲的老公
去年過世。
她先生病倒去醫院的時候
已經來不及了……
在那之後四個月，
媽媽桑都陪在先生身邊
送他最後一程。

我總覺得
有他沒他都沒差，
但他不在了
還是很寂寞。

……

大家好！
喀
啦

老闆，今天的小菜是什麼？

小松菜炒油豆腐皮。

哇～我喜歡。那就每日小菜跟燒酒加冰塊。
菜菜子小姐還要喝啊?!

喝啊，不行嗎？雄一郎你要是想回去就回去。

不，我陪妳。不好意思，給我一杯茶。

好。

這兩人是大學社團的學姐學弟。菜菜子經學弟雄一郎介紹，現在一起在義大利餐廳工作。

嗯。

菠菜也是⋯⋯
哐
噹

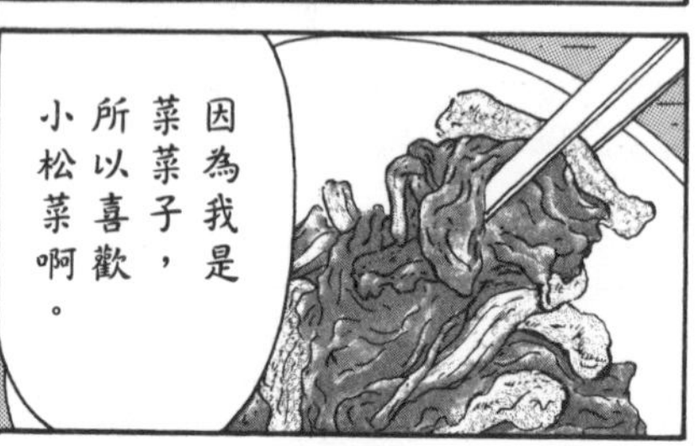
因為我是菜菜子，所以喜歡小松菜啊。

真是的⋯⋯想睡覺就回家。

嘻嘻⋯⋯他想跟妳在一起嘛。

但是這傢伙一下子就睡著了啊。

雄一郎睡著後，菜菜子打電話給在鳥取的前男友。
喂，你在幹嘛？嗯⋯⋯我啊？在喝酒，嘻嘻。

又講這個？不要，我不回去。慎二來東京不就好了……為什麼都要我……
哎？有人在？女人？搞什麼……

真是的，算了。

……

啪

幹嘛突然打我……好痛……

你要睡到什麼時候?!回去了。老闆，結帳。

咚
咚
咚

菜菜子直到去年都在鳥取跟男友合力經營居酒屋。雖然是跟在東京認識的男友一起回去故鄉，但她好像不喜歡那裡。

這樣啊。

不過他們似乎對彼此念念不忘，常常通電話。每次都那樣吵架收場。

這是沒辦法的事。雖然只要有一個人願意忍耐就好，但忍耐是不長久的……尤其年輕人。

媽媽桑也有這種經驗嗎？

誰知道呢……

一週後，菜菜子一個人來店裡，情緒很低落。
今天也是小松菜啊。
因為「小松」的媽媽桑常在星期三來。上星期也在啊！

穿著和服很有韻味的歐巴桑。她是赤坂「小松」的名人喔。

大家好。
喀啦

啊……那個人……

歡迎光臨。
說曹操……

哎喲，妳也來啦?!我今天是跟老情人一起喔。

伸先生要吃嗎？
不用了。

很挑食呢，這個人……住在一起的時候每天吵架。

哎?!

他是我的前男友。雖然是很久以前啦。

這個人說她最討厭京都，無法待在那種地方，就離開了。

京都不適合我啊……並不是我討厭伸先生……

現在後悔啦。但反正是無可奈何的事情。
就是啊，會怎樣就怎樣啦。
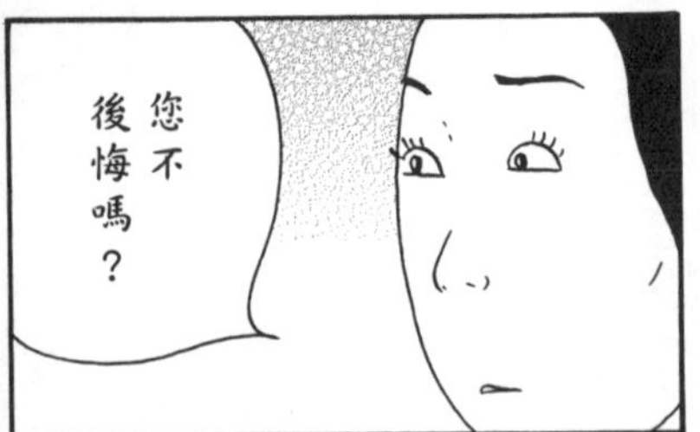
您不後悔嗎？

……

紗和子媽媽桑與伸先生分別跟別人結婚，現在伸先生偶爾來東京時兩人就一起吃個飯。

過了大約半個月，菜菜子似乎下了什麼決心，跟紗和子媽媽桑一起來了。
LONDON

這孩子突然從羽田機場打電話給我，說有話要跟我說，就到店裡來了。

我跟前男友見了面，徹底分手了。

這樣啊。

雖然喜歡，但無可奈何。
就是就是，這樣就好。去找下一個男人吧。

今天的小菜是什麼？

不好意思，不是小松菜。

哎～～～人家好想吃的說……老闆，我叫雄一郎買來，你幫我做！

雄一郎？我在深夜食堂，你買小松菜過來……嗯……拜託了。

嘻嘻……真是當局者迷呢。
哎？

要好好珍惜雄一郎喔。

雄一郎跟紗和子媽媽桑
去年過世的先生有點像啊。

啊？

第 258 夜◎炒麵麵包

這裡是「食堂」，所以沒有麵包。一定要用麵包夾菜吃的人會自己帶麵包來。只要自備麵包，我就可以幫你做豬排三明治、雞蛋三明治等等。這是我的營業方針。

老闆，老樣子！

這就是小谷先生的「老樣子」，炒麵麵包。

嗯！

我開動啦～

※日本春季甲子園在二〇〇一年創設的選拔方式，故稱為21世紀名額。

那個教練叫橫川，他以前說過「我要當上高中老師，帶學生進入甲子園。」

這樣啊。實現承諾了呢。

嗯，他是那種說到做到的人。

接著小谷先生起立唱了三次母校的校歌。

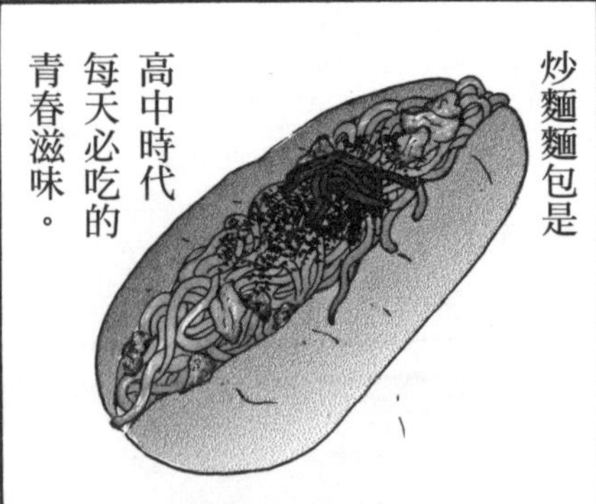
炒麵麵包是高中時代每天必吃的青春滋味。

在那之後，小谷先生每天都歡天喜地地喝酒閒逛。還會拿刊登母校報導的報紙和雜誌來店裡給我們看。
BAR
スク・スク

老闆，看這個！

「與其玩手機，不如揮棒千次。」

真不錯啊，這位教練。

是吧?!他是個好人。二十歲的夏天，那傢伙說要徒步走回四國老家。

從東京走到四國?!為什麼要做這種傻事？

他上大學也打棒球，卻傷到肩膀。一向是得分的人，所以才有這種念頭吧。我則是大學落榜兩次，萬念俱灰。

横川～～肚子不餓嗎？

嗯～～炒麵麵包！
我也是！

餓了。小谷想吃什麼？

那時不像現在到處有便利商店。我們在超市一角找到一個炒麵麵包。
還買了一公升的牛奶，兩個人分著吃。

要是能走到土佐清水的老家，我就繼續打棒球。

當職業球員是不可能了。畢業以後我就去當高中老師，做棒球隊的教練，帶學生去甲子園。

……

我覺得橫川你一定做得到。

我會替你加油的，也請帶我去甲子園吧！

好，交給我。

真是青春啊。然後你們兩個人就走到四國了嗎？

只有橫川。第二天我就肚子痛，只好撤退。我這個人總是這樣……

說什麼啊。小谷先生不也開了兩家寵物店，還有貓咖啡跟狗咖啡嗎？事業有成啊。

我不管做什麼都是半調子。但是那時候聽到橫川那麼說，就覺得自己也應該做點什麼。

後來你跟橫川先生還見過面嗎？
沒有……

他當上老師的時候，我去跟他借過錢，之後就沒見過了。也想過要還錢，是可以還啦……

那就捐贈如何？捐給母校，贊助他們去甲子園。

捐贈啊……嗯，這個主意不錯。

小谷先生捐錢給母校，打電話過去，剛好是橫川先生接的。他們三十年沒有說過話了。
橫川啊，好久不見……嗯……我很好。

兩週後——

喀啦

最近那個叫小谷的傢伙有來這裡嗎？

已經差不多十天沒來了。

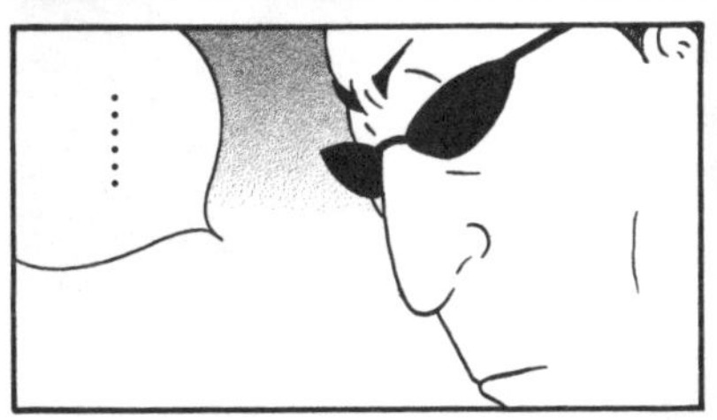
……

兩人離開後——
那是討債的。可不是什麼好人。

……

據阿龍說，小谷先生跟錢莊借了快一百萬，然後就跑路了。他好像週轉不靈，還去別處借了錢。
日本酒（兩合）
酒（一杯）
位客人限點三

但他看起來很闊綽的樣子。
真是看不出來……

小谷先生該不會是借錢去捐給母校吧……

雖然也算是美談……但到底會如何呢。

小谷先生是不是正在哪裡吃著炒麵麵包啊……

這麼說來，今天看電視，在甲子園的觀眾席上看到小谷先生了。

第259夜◎納豆玉子燒

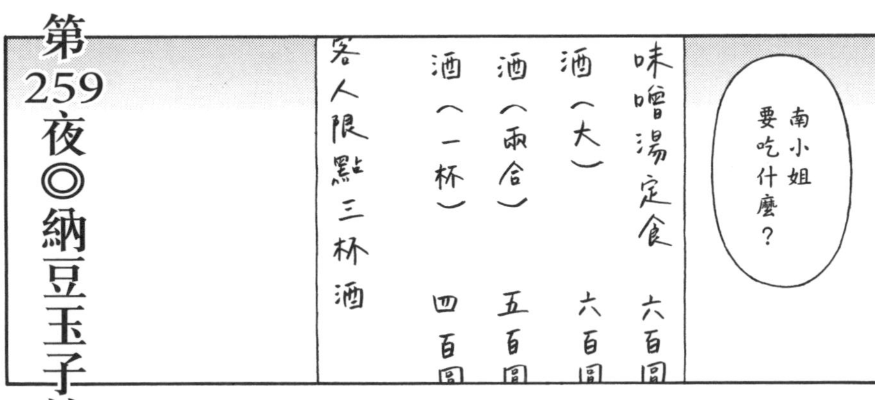
味噌湯定食 六百圓
酒（大） 六百圓
酒（兩合） 五百圓
酒（一杯） 四百圓
客人限點三杯酒
南小姐要吃什麼？

菜單只有這樣，但只要點菜，有食材的話老闆都會做。
哎，真有趣！

美帆第一次被上司北村先生帶來店裡的時候，想了一下之後說——
我要納豆玉子燒！

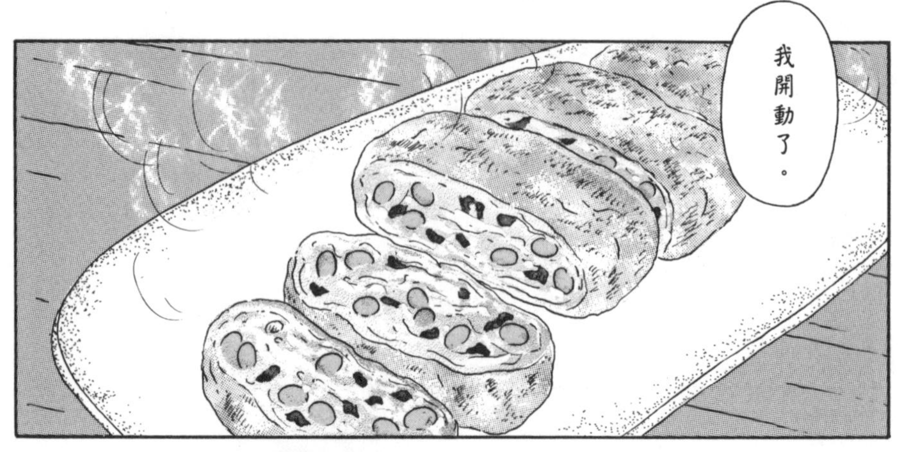
我開動了。

如何？
呼

嗯，就是這個。有懷念的味道。

為什麼玉子燒要加納豆？

你問我想吃什麼，就突然想到。我已經好久沒吃了……

啊，還要白飯跟味噌湯。
好。

※ 這次的納豆玉子燒是 2015 年在橫山隆一紀念館舉行的「安倍夜郎展」上募集的「你想吃的深夜食堂菜單」的作品，作者是高知縣香美市的武內教。

我可以嚐一塊嗎？
請，請。

美帆上小學前，媽媽再婚了。繼父不喜歡納豆，在那之後就沒吃過。繼父雖然不喜歡納豆，但是喜歡做菜，會做各種好吃的料理給她吃。
限點三杯酒

後來美帆就常常一個人來。
めし

大家好。

我開動了。

啊，裡面有起司！

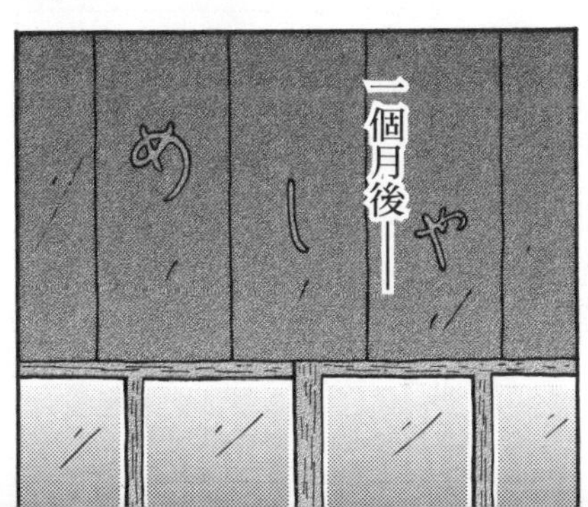

※夏目漱石的小說《三四郎》中的台詞。

久等了，納豆玉子燒。

哈。

老闆，要是有比你小一輪的年輕女孩說要跟你交往，你覺得如何？

真是令人羨慕。很好啊。

但是我是喪妻又帶著小孩三十幾歲的鰥夫啊。

女兒還好嗎？

現在給岳母照顧。只有星期六日我在家陪她，星期一早上送她去幼稚園。

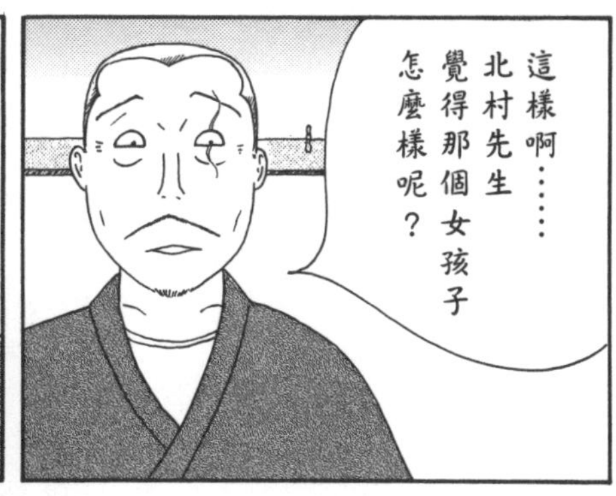
這樣啊……
北村先生
覺得那個女孩子
怎麼樣呢？

我覺得
是個
好女孩……

美帆在那之後
常來店裡。
每次都只講
北村先生的事。

不是很好嗎？
對方也覺得
沒關係。
嗯～

過了不久，
北村先生好像
開始跟美帆交往了。
SNACK
スク・スク
clap
BAR
RUMBA

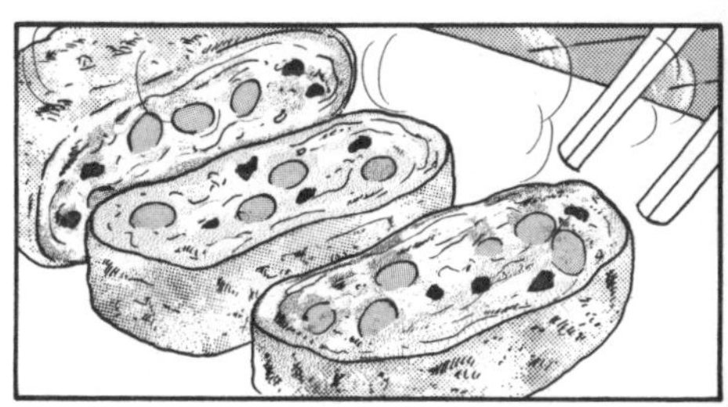

下次要不要去迪士尼樂園？跟日芽香三個人一起。
哎?!

喏，去吧。

喔，嗯……

日芽香是北村先生的女兒。已經上幼稚園大班了。他們三人一起去迪士尼樂園了嗎？不知怎地在那之後兩人都沒來了。

兩個月後──

美帆帶著到東京出差的繼父來了。
這裡只要點菜，能做的老闆都會做。爸爸想吃什麼？
哎，真有趣。

嗯，我要豬肉味噌湯套餐。

老闆，豬肉味噌湯套餐和納豆玉子燒。

好。

爸爸不吃納豆呢。
嗯……抱歉。

爸爸……我是個討厭的小孩吧？完全不跟你親近……

我現在交往的對象大我一輪。他太太去世了，有一個上幼稚園的女兒。

咦?!

那個孩子完全不跟我親近。
我不知道該怎麼辦……
……

我一開始也不知道該怎麼辦。不過我喜歡做菜，就想說做好吃的東西給妳吃。

我想看妳吃得很高興的樣子。

爸爸……

來，久等了。豬肉味噌湯套餐和納豆玉子燒。

隔了一陣子美帆再來店裡的時候，很高興地說她跟日芽香一起做了納豆玉子燒吃。

第260夜◎章魚泡菜

落語家圓畫老師帶了
京阪的桂滑三郎老師過來。
今天是兩人一起演出，
晚上的演出我去聽了。
對圓畫老師不好意思，
因為我是滑老師的粉絲。

歡迎光臨，
您帶他來
了啊。

老闆！
在下滑～
滑桂！

?!

我年輕的時候頭髮多得傷腦筋呢。

真的嗎?!現在完全看不出來啦。

這麼說來，第一次見面時大哥還有點頭髮。三十幾歲的時候吧。

是的說……第三個孩子出生之後，體質好像就變啦。

又不是老師生孩子。

是沒錯啦，但那時沒工作，我家五個人有一頓沒一頓的。

頭髮就缺少營養啦。

喀
啦
歡迎光臨。

淳子小姐是看護，她的同事被有錢老頭看上娶回家之後，老頭沒多久就死了。同事得到遺產，現在過著富裕的生活。於是淳子也開始找對象。

淳子已經離過兩三次婚，但她當然不會說出去。

當後母啊……

不要這樣說，太難聽了！我又不是要殺了老頭搶遺產。只是想要過比現在輕鬆的生活而已。

如果我認錯人很抱歉……您是不是松島淳子女士？

哎?!我現在姓渡邊，以前曾經叫做松島淳子沒錯。

果然是妳！小淳，是我啊！落語研究社的林始呀。

阿林?!

小淳！

你變了啊……

妳也是判若兩人……

但是阿林竟然還能認出我。

淳子小姐是滑先生在大學參加落語研究社的時候，常去的小飯館的女服務生。滑先生跟圓畫先生道了歉，換位子去敘四十幾年的舊。
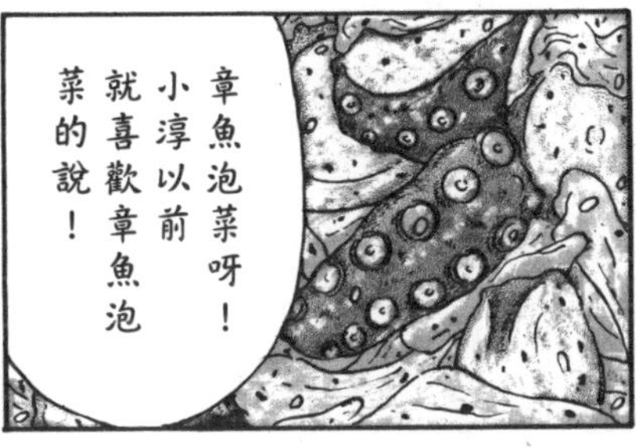
章魚泡菜呀！
小淳以前就喜歡章魚泡菜的說！

小淳跟已婚男人私奔的時候，大家好震驚呢！
川上都鬧自殺了呀。
當真？

好懷念啊……川上現在還好嗎？

哎?!
他嘴巴壞得很，我想一時之間應該還沒事。

川上現在在接受抗癌治療……

要是我說見到小淳了，他一定會很羨慕的說。
還是不要見他比較好吧？要是嚇到他，對身體不好就糟了。
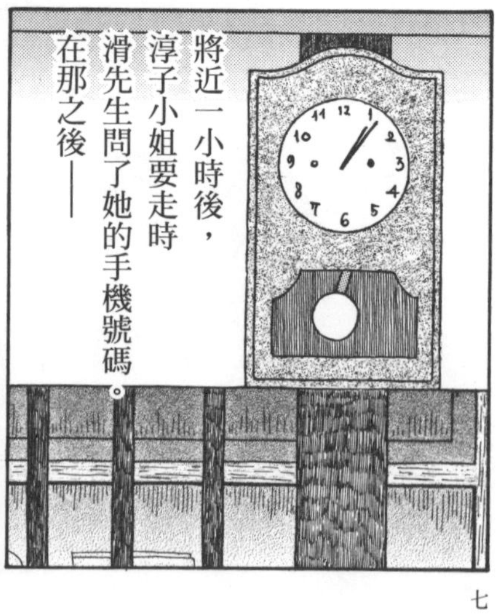
將近一小時後，淳子小姐要走時滑先生問了她的手機號碼。在那之後──

其實我也喜歡小淳的說。但是……人是會變的啊。

めしや
三天後──

滑先生
跟那位川上先生
一起來了。
她說怕
嚇到你，
就不見面了。
太狡猾了，
就你跟小淳見
面。我那麼喜
歡她……

章魚泡菜
久等了。

看見章魚泡
菜，眼淚就流
個不停的說。

想起小淳
就吃都吃不下。
最近終於
能吃一點啦。

你太誇
張了！

從剛才聽到現在，
感覺川上先生比
您還會說話呢。

是的說，
我能拜入
老師門下，
其實是
託了他的
福……

大學畢不了業，
只好當落語家了。
請您收做弟子吧。

你們倆
到底是誰想當
我的弟子啊？

是他。
是我。

入行第四
年，這傢伙
擅自去訂了
會場，幫我
開獨演會。

那時的會場
有點太大啦！

剛好有颱風，
根本沒人來，
我太太還臨
盆……

這兩人是從高中以來
五十年的好朋友。
明天他們跟淳子小姐
約了見面，一點過後
就回旅館休息了。

一週後——
めし

我已經好久沒有笑得那麼開心了。
哎。

川上的老婆啊，說去一下澡堂就三十五年沒回來的說。丟下兩個小孩呢。
雜誌上說滑先生是「又窮又會生，結果窮到把貧窮煮來吃的那種人」喔。

他們兩人嘴巴都很壞，但感情很好，真令人羨慕。

我也這麼覺得。看見他們就心想「有朋友真好」！

今天阿林寫信來了。問我與其繼續在東京當看護，要不要回大阪當川上的專門看護。

他說川上的地政士事務所生意很好，不缺錢，可以給我很高的薪水……

淳子小姐如果去的話，川上先生會很高興吧。

是嗎……

在那之後淳子小姐就離開東京，搬到大阪當川上的專門看護。她和川上的兩個女兒處得很好，就像一家人。她打過一次電話來。

兩年半後——
真是厲害的說，有心愛的女人陪著，好像可以延年益壽呢。看他的樣子還可以撐很久喔。

那淳子小姐怎麼說？

說他不是只能再活兩年嗎？但是現在非常幸福。

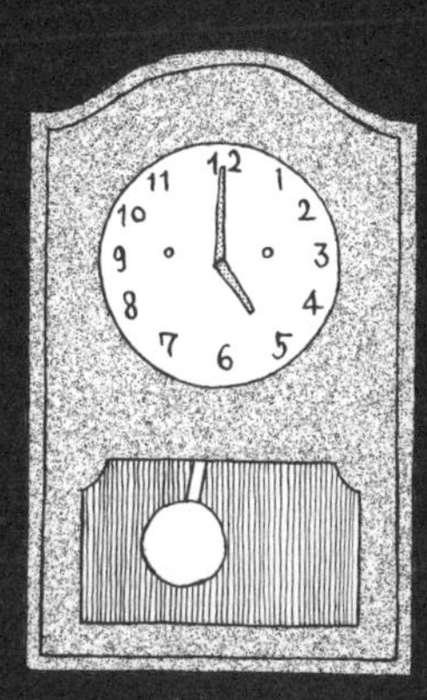

凌晨5時

第261夜◎蔥鹽煎豬排

這是淋上大量
特製蔥鹽醬汁的煎豬排。
吃蔥可以清血管，
加上蔥鹽的話
吃再多肉都沒關係了——

我開動了～

嗯嗯嗯。

好像很好吃～～～

悅子小姐真的吃得很香呢。

因為老闆的蔥鹽醬汁太下飯了。

我也來一點吧……

不要啦，後天不是要相親。
我知道啦。

哎喲，妳們還在參加相親啊？我以為早就放棄了。

並沒有放棄！

不用結婚人生也很愉快。想吃就吃，想睡就睡……
♪

怎麼啦？在新宿啊。我？在老闆的店裡。你想來就來吧。

待會兒四月調職的後輩會來，介紹給妳們吧？就當聯誼也不錯。

那就拜託了！

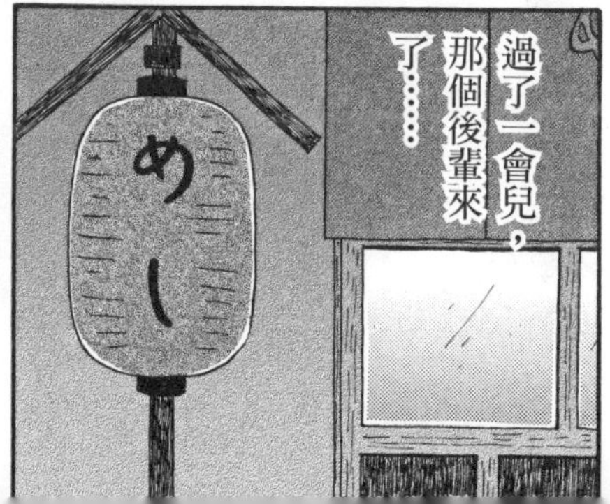
過了一會兒，那個後輩來了……
めし

老闆，凱利狄斯我又來了。

悅子小姐，Happy Birthday！

哎?!
真的假的?!

凱利，你怎麼知道？

已經過了十二點所以是今天啦。竹田部長之前說明天是悅子小姐五十歲生日。
四十九啦！竹田這傢伙……
竹田部長跟悅子小姐同期進入公司，也會一起來店裡。

悅子小姐，我有下週六古典音樂會的票，要不要一起去？
週六不行。我要相親。

相親？怎麼回事?!
這跟妳剛才說的不一樣吧！

客戶的常務理事叫我一定要去，沒辦法拒絕。

NO！不要去相親，跟我交往吧！

以結婚為前提！
啊?!

這個叛徒！

悅子小姐說「都已經這個年紀了，我不想結婚！」吃完豬排就回去了。

為什麼拒絕啊……那麼年輕的帥哥。
真是太可惜了～

めしや
兩天後——

真沒搞頭。
每年越來越糟。
反正都是剩男。

看來參加相親都白費了功夫。

蔥鹽煎豬排和啤酒。
喀啦

哪裡有好男人可以撿啊……

如何？
嗯！
有搞頭了?!

蔥鹽煎豬排久等了。

竹田先生最近
沒跟悅子小姐
一起喝酒？

剛剛還在一起……
我被悅子甩啦。
竹田先生是
悅子小姐的同期同事，
大前天來的凱利的上司。

她說要去相親，
我說那就跟我
交往吧……
但我離過兩次婚，
還要給贍養費，
估計是不行吧……

悅子小姐
真的很受
歡迎呢。

前天在店裡也
有個外國帥哥
跟她告白。

凱利？！
這傢伙……

對啊，送她
玫瑰花祝她
生日快樂……
好像是叫凱利
……

悅子小姐
說不想結婚，
卻很多人追。
這也不奇怪啦。

有風度有氣質，個性又爽朗，不論男女都會喜歡她……老實說，她年輕時我毫無感覺……
最近卻覺得她很不錯。該說是成熟女性的魅力嗎……女性的顛峰啊。

兩週後——

女性的顛峰?!

女性的顛峰?!我嗎？

這麼說來，最近有點奇怪。連續五個男人跟我告白、求婚什麼的……

馬上就五十歲，都要進入更年期了……

果然是女性的顛峰啊。

我一直跟媽媽一起住，我媽非常難搞……太難伺候了。只要我媽在，我就沒辦法結婚……去年我弟弟過世，我媽說——

已經這把年紀我根本沒考慮結婚……

悅子，找個人嫁了吧。我死了的話妳就自己一個人了。
我沒想過媽媽會擔心這個……
ポテト

跟妳求婚的男人妳都沒有看上眼的嗎？
沒。
相親對象呢？

是個經營船釣的鰥夫。最近買了一艘屋型船，開始做生意。他問我「下次要不要去坐坐？」……

※ 東京東砂「船型屋晴海屋」贊助

沙
第262夜◎洋芋片
洋芋片這種東西
去便利商店買來吃就好了。
但是阿高說
無論如何都想吃自家炸的。
他忘不了半年前去世的阿嬤
做給他吃的味道。
我開動了。
喀
嗜
剛炸好的確實好吃。

阿高是幼稚園老師。
好吃！
旁邊這位是公務員修治。
他們是伴侶，
上個月開始同居。

你們倆
感情好好喔。

是吧?!
超恩愛的。
就是！

哎喲，
飽了眼福啦。

是啊，
有點危險。
怎麼啦？

但是之前我
好擔心呢。

星期天我們一起去迪士尼樂園，跟阿修的妹妹和外甥碰個正著。

妹妹跟朋友們帶小孩一起去。

妹妹知道嗎？阿修是同志。

不知道。我沒跟家人說。但是她一直盯著阿高看。

妹妹跟外甥都好可愛啊。我也想要有個妹妹。
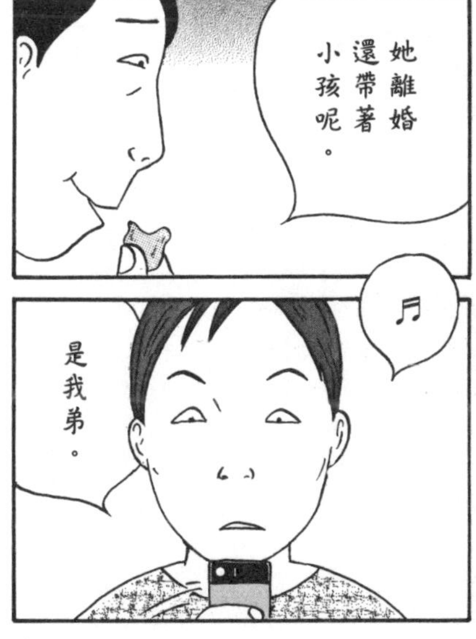
她離婚還帶著小孩呢。
♬
是我弟。

是我。
怎麼啦？哎，
現在在新宿?!
你辭職過來了？

在名古屋
的弟弟？

嗯。

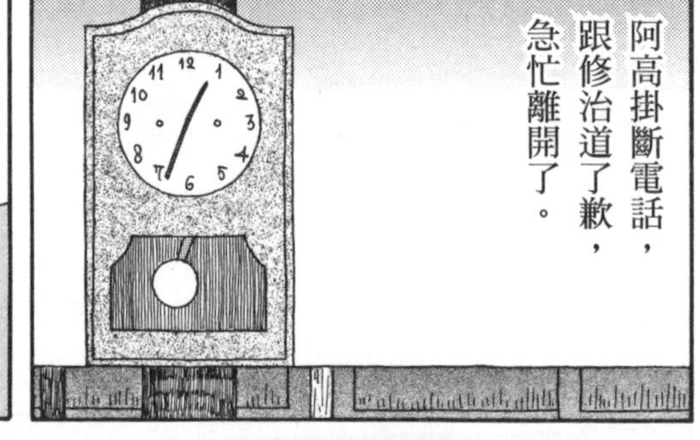
阿高掛斷電話，
跟修治道了歉，
急忙離開了。

過了不久——
喀
啦

這是
我弟弟
大輔。
大家好。

歡迎
光臨。

喲。

哎喲，
好高大啊。
叫你阿大
好嗎？

阿高說「你可以點
想吃的東西，
老闆都會幫你做」，
大輔一開口就說
「炸洋芋片」。

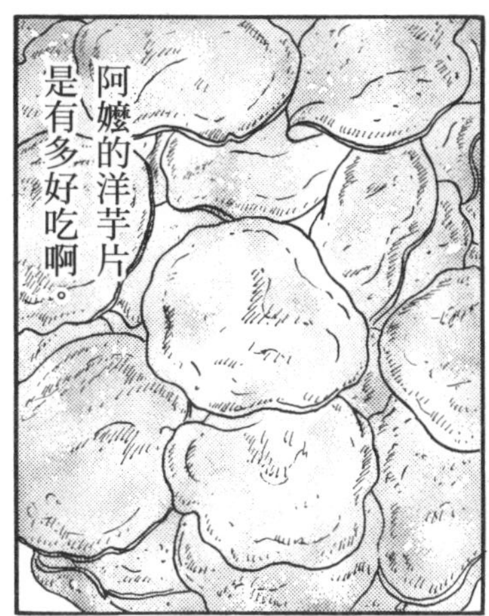
阿嬤的洋芋片
是有多好吃啊。

喀
喳

那天，
大輔——

一個人，
吃了整整三顆
馬鈴薯做的洋芋片。

一週後——
めし

阿大回名古屋了嗎？

他還在呢。對不起，阿修。

沒關係，別介意。

爸媽離婚後，是阿嬤照顧我們兩兄弟。

喀喳
喀喳

這樣啊……

啪嗒
啪嗒
我來東京，大輔留在名古屋，找了工作，一直跟阿嬤住。

阿嬤身體變差之後，他也一直一邊工作，一邊獨力照顧她。
啪嗒
啪嗒

我很感謝他……所以無法不管他。

大輔可能很寂寞吧，突然變得孤身一人。

阿高，你看過大輔的睡臉嗎？

像小孩一樣安心地呼呼大睡呢。

咔哩。
沒有。

這樣啊……
老闆，再來一瓶啤酒。

啊，還要洋芋片。

好。
洋芋片一吃就停不下來，跟啤酒很搭。這又是一個真理啊。

十天後——
星と月

阿高……對不起，給你添麻煩了。

怎麼好像跟之前相反啊。
有點事啦。

沒事，彼此彼此。

我妹妹是單親媽媽，她帶著兒子來我們家。
同居的男友家暴她，還打小孩……

哎喲，好可憐。

你們家是一房一廳吧。

對，現在五個人住。
啪喳

妹妹跟外甥睡臥房，我們三個男人一起睡客廳。

誰知道……

接下來要怎麼辦呢？

兩個月後，大輔決定回去原本的公司上班，把修治的妹妹和外甥一起帶回名古屋了。外甥很喜歡大輔，妹妹也對大輔有意思。

於是，

兩人又回到了
恩愛的同居生活。

第263夜◎棒棒雞

今天是我生日。
葉月請我吃牛排。

這兩人是母女。
母親五月小姐在補習班和英語會話社團當講師。
女兒葉月是牙科助理。

五月好年輕喔。完全看不出有這麼大的女兒。

哎喲阿忠，謝謝你啦。昨天也有三十幾歲的男生以為我跟他一樣大，甚至比他小呢。嘻嘻……

好了，媽媽，不要再搞上沒用的小白臉了。妳沒有看男人的眼光。

我知道啦。不會再離婚了！

去年嫁的第三任老公呢？

離了。
一直搞外遇，最後還宣告破產，媽媽贍養費都沒拿到。

嗯……下次跟男人交往之前，先讓葉月看看。

不用了，跟我沒關係。

好冷淡喔～～～

好了，媽媽，不要光吃肉！只剩下黃瓜了啦！

有什麼關係，今天我生日啊。
什麼啊，真是的～～～

葉月是五月小姐大學時奉子成婚生的小孩。那是第一任老公。後來她離婚又結婚，女兒跟她同甘共苦。不管怎麼拌嘴，她們感情其實很好。

葉月總是說五月小姐
「沒有看男人的眼光」。
但她確實很吃香。

大家好。
喀
啦

?!
歡迎光臨。

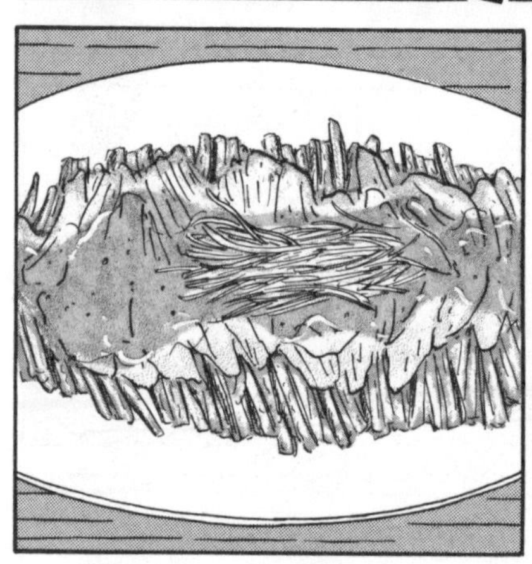

五月小姐，對不起。我一直沒跟妳說敬語……實在沒想到妳年紀比我大……
嘻嘻。
這三人是三丁目酒吧的常客，五月說要來店裡，他們就跟著來了。

聽到五月小姐跟我一樣年紀，嚇了一大跳。還以為妳跟我女兒差不多大。但是這樣就可以放心約妳啦。

等一下啊。
哎喲！

我一直在等五月小姐離婚。五月小姐要不要跟我一起去沖繩？
哎?!
喂，喂。

我該怎麼辦才好。

三天後——
めしや
原來發生這種事啊……

真煩惱～有人邀我約會啊～～

昨天媽媽慌張地
打電話給我……

她說「沒問過
女兒，我不能
答應交往」，
但還是跟他們
交換了聯絡方式。

她問我
該跟誰交往，
但反正兩個人
都先留著。

「棒棒雞不錯吃，
但清口的黃瓜也是
要的啊！」她說。

誰是棒棒雞，
誰是黃瓜啊。

我說棒棒雞
跟黃瓜一起
吃最好……

哎喲，
討厭，
好色！

唔。

真不知道我媽在想什麼……

在那之後，五月小姐偶爾會跟離過一次婚、同年的工藤先生一起來。我跟阿忠說，看來他是棒棒雞……

五個月後——
めし

跟人家求婚，第二天卻說還是不能結婚！
哎?!

有這樣的嗎?!

工藤先生溺愛的獨生女堅決反對他再婚……聽到他跟我媽求婚震驚得過度換氣昏倒了。

這種事應該早說吧?!還說「婚禮去夏威夷辦」，讓人高興半天……

既然這樣，乾脆老闆跟我結婚吧！跟誰我都不在乎了！

什麼啊?!

五月，那我怎樣？我馬上跟老婆離婚。

阿忠就不用了！很快就得當你的看護似的。
……

媽……下次一起去「併桌居酒屋」吧。
那是什麼？

不論男女，兩人以上一起去店裡，跟別人併桌，一起吃飯喝酒。女性免費，要是談不來，也可以換位子。

免費?!聽起來不錯。

哎，有這種店啊。

最近很流行。大宮的併桌居酒屋好像有很多公務員。

公務員啊……

葉月，我們去吧！一起去找好男人！
嗯！

這兩人果然是母女啊……

那是去年年底的事。
後來兩人都沒再過來，
不知道到底怎樣了。
今天
葉月一個人
來吃棒棒雞。

五月小姐
最近還好
嗎？

嗯，簡直不能
再好了。現在
跟小她二十三
歲的男朋友同
居。

小二十三
歲?!

在併桌居酒屋
碰到我國中的男同學。
媽媽在補習班教英文，
他說從國中時
就喜歡我媽。
雖然一開始大家嚇到了，
但現在都很支持他們。

法國總統的
太太，比他大
二十五歲啊！

新任法國
總統
好像無意
間讓一群
人充滿了
希望。

第264夜◎油炸拼盤

「頭髮是女人的命」
有個廣告這麼說，
看見前田，
會讓人覺得瀏海是他的命吧。
一個大男人這麼在意瀏海，
一直摸來摸去。
而且他喜歡油炸食物，
點菜的方法很囉唆……

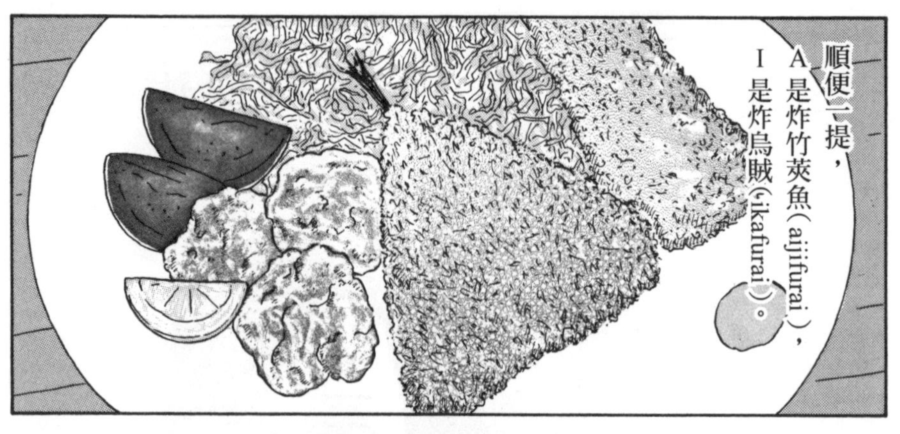
順便一提，
A是炸竹莢魚(ajifurai)，
I是炸烏賊(ikafurai)。

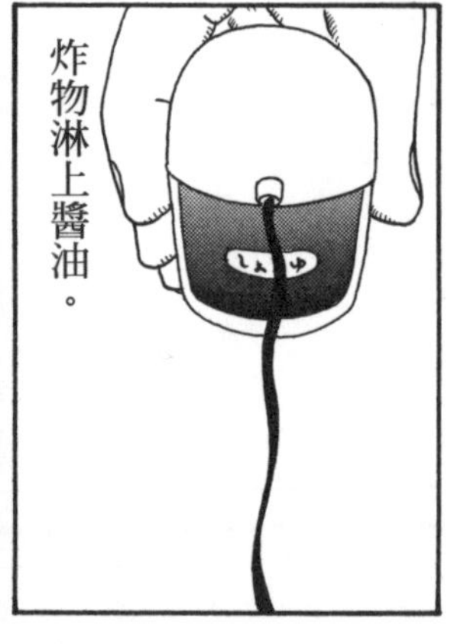
炸物淋上醬油。

這也是前田的堅持。

喀
喳

今天瀏海也整理得很好呢。

從早上開始?!

是嗎？從早上開始就不對勁。

大家好。
喀啦

歡迎光臨。

……

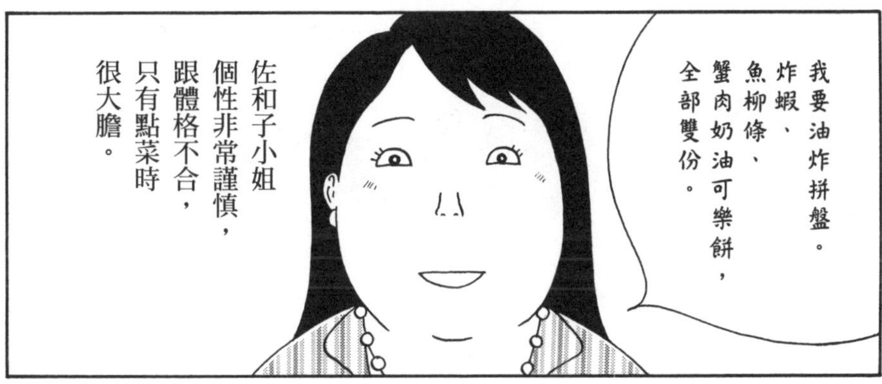
我要油炸拼盤。炸蝦、魚柳條、蟹肉奶油可樂餅，全部雙份。
佐和子小姐個性非常謹慎，跟體格不合，只有點菜時很大膽。

好。

E、S、KC都雙份啊……

啊?!

E是炸蝦(ebifurai)、S是魚柳條(shiromifurai)、KC是蟹肉奶油可樂餅(kanikurinmu-croquette),很厲害的搭配。
E、S、KC……

順便一提,我今天是點A、K、I。

賓果。
猜中了!

炸竹莢魚……炸雞……跟炸烏賊?

饒了我吧。這種點法真要命。

我開動了。

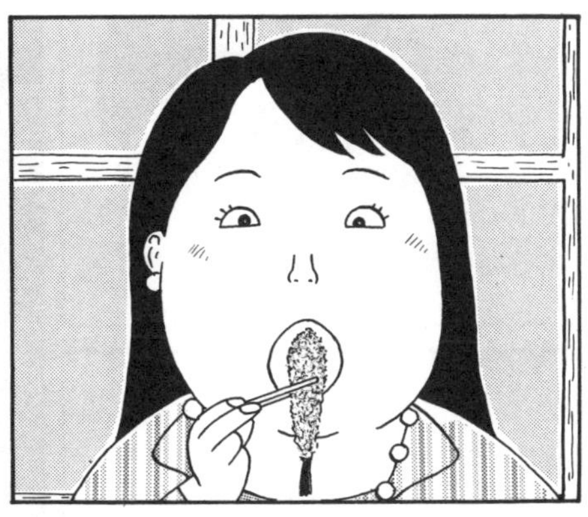

嗯。

回想起來，
這就是視瀏海如命的
前田的命運轉捩點。

次日——
めし

昨天那位E、S、KC小姐是什麼人？

啊，佐和子小姐嗎？她是鋼琴老師。她朋友拜託她每週去歌舞伎町的夜總會彈鋼琴一次。她下班之後會過來。

今天要吃什麼？
E、S、KC各一份。

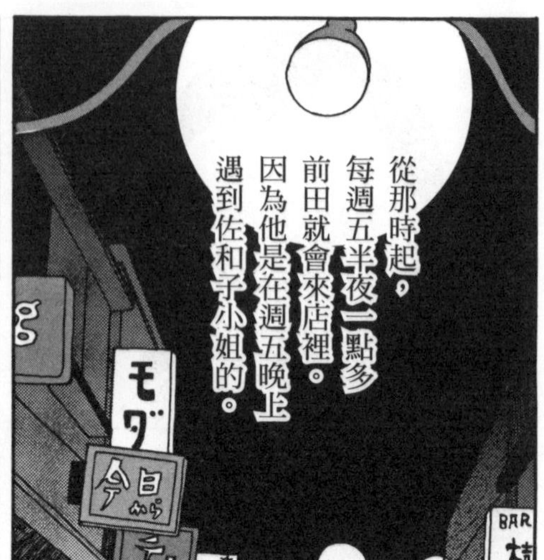
從那時起，
每週五半夜一點多
前田就會來店裡。
因為他是在週五晚上
遇到佐和子小姐的。
モグ
今日から
BAR

H、M、C。

啥？

炸火腿(hamukatsu)……炸肉餅(menchi)……可樂餅(croquette)？

賓果。

哇，猜中了！

……

……

但是
兩人都很害羞，
話又少，
就沒有進一步交談……

……

吃完飯，
兩人各自離開後——
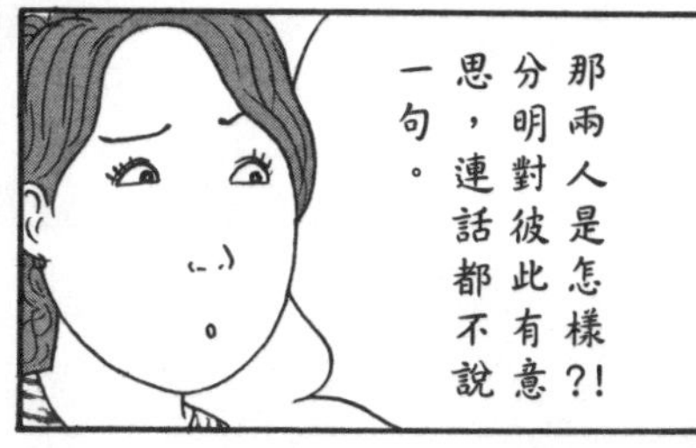
那兩人是怎樣?!
分明對彼此有意思，連話都不說一句。

反正我就是沒教養啦！
要是我的話，喜歡上了，先撲倒再說。
喂，喂。

他們都太有教養了。
總是那麼含蓄。
這種青澀的感覺不是很好嗎？

七月初的週五
佐和子小姐沒有來。
前田非常沮喪。

下一個週五
輪到前田沒有來。
佐和子小姐
有點寂寞的樣子。

之後又連續兩週
前田都沒有出現，
佐和子小姐
簡直要哭了。

那個……
前田先生
最近
都沒來嗎？

沒有耶，
連續三週
沒來了。
是怎麼了呢
……

這樣啊
……
呼

再下一個週五——
め
や

我住院了。先開了痔瘡，然後又得了盲腸炎……

真是太慘了。佐和子小姐好像很擔心呢。
佐和子小姐嗎?!

我說啊，喜歡的話就告訴她比較好。不說對方不會知道。我覺得她也對你有意思，不是嗎？
這、這樣嗎?!

喀啦
佐和子小姐！

佐和子小姐看見前田就哭起來了。
原來佐和子小姐是獨生女，爸媽不管怎樣都要她去相親。對方和爸媽非常積極，已經開始談親事了……

但是……我有喜歡的人了。可以的話，我想和他……

我、我是次男。我不行嗎?!

佐和子小姐，請跟我結婚！
前田先生……

就這樣，兩人可喜可賀地結婚了。佐和子小姐娘家是開寺廟的……

前田現在剃掉了自傲的瀏海，開始修行啦。

第265夜◎香菜

我一端出冷豆腐，加奈子小姐就從包包裡拿出一條東西，擠在豆腐上。

※開封後的香菜醬，請一定要冷藏。

老闆，用這個做料理來吃！
唦啦

那是什麼？

香菜啊！

我不知道要做什麼，就請加奈子小姐用手機查一下。
最後做了香菜義大利麵、炒麵和玉子燒。

我開動了。

嗯！
第一次做
算不錯了。

我可是會
研究一下的。
但是怎麼突然
吃起香菜啊？

排毒啊！

據說香菜有
把身體裡的
有害物質排
出去的功效。

唔。
哎，
這樣啊……
那我也
來一點吧。

於是我就常備
條狀的香菜醬了。
香菜則是夏季限定。
不過我不會做
正式的外國料理，
就以自己的方式做，
不然就把它當成
香料而已。
畢竟這裡只是
「食堂」啊。

老闆，多香菜！

好。
多香菜就是追加香菜的意思。

老闆，給我香菜醬。

好。
きざみパクチー
S&B きざみ パクチー
香菜醬就是這個。

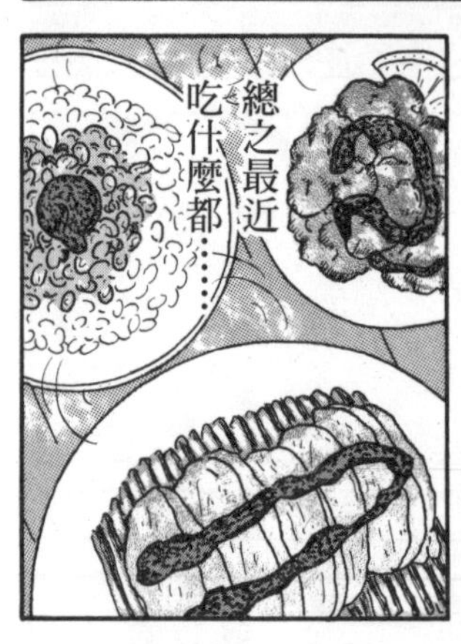
總之最近吃什麼都……

八郎，你之前不是說不喜歡香菜嗎？

哎……總之最近好像迷上了。

而且加奈子小姐也……
大蒜炒飯，要加三份香菜！

來，
久等了。

哇～好厲害！
加奈子小姐這麼
喜歡香菜啊?!

我男朋友不
喜歡，在家
裡不能吃啊。

麻衣也想吃！
可以分我一點
嗎？
請。
加奈子小姐
白天是美容師，
晚上陪酒，
跟她一起來的麻衣是
店裡的新人。

妳跟
男朋友
同居嗎？
嗯。

真好奇～～
加奈子小姐的
男朋友……

他是做「搞笑的」，不過完全不紅。

說了妳應該也不認得。他們兩人一組，叫做「芫荽」。

哎？是藝人啊?!好厲害！他叫什麼名字？

唔～～～不好意思……但是芫荽不就是香菜嗎？

對。但是他最討厭香菜。要看他嗎？

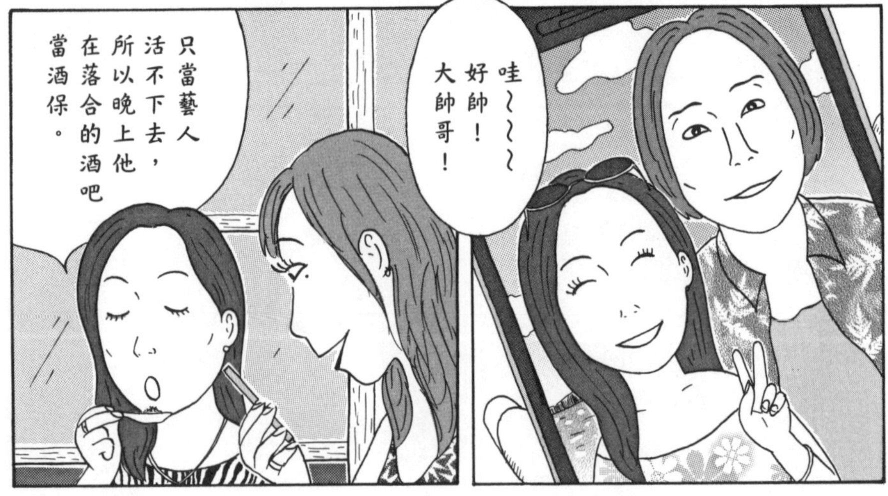
哇～～～好帥！大帥哥！
只當藝人活不下去，所以晚上他在落合的酒吧當酒保。

落合哪家酒吧？
要去嗎？

要去～～請帶我去！

不行。下次吧。嘻嘻……

兩人離開後——

真意外，加奈子小姐有同居人……

可以說是吃軟飯的帥哥，但他們好像在一起很久了。

為什麼要跟那種人交往啊……
男人多的是。
誰知道……

加奈子小姐跟麻衣在那之後也常來，
突然不來之後過了一個月，
麻衣自己來了。

最近
加奈子小姐
怎麼了？

不知道。
我換地方上班了。
我跟那個人
大吵了一架……

發生
什麼事
了？
喂，
喂……

會議結束了
嗎?!現在？
我在新宿的
深夜食堂。
你要來嗎？

……

過了不久，
進來的人讓我
嚇了一跳。
喀啦

嗨～
這個男人
不就是
加奈子小姐的……

兩人秀了半天恩愛，
只喝一瓶啤酒
就離開了。
要走的時候，
麻衣說了——

加奈子小姐下次來的時候告訴她，我們倆好得很！

……

加奈子小姐
過了許久才來，
那時已經是秋末。
SNACK
Zakenna
BAR
現代

現在只有香菜醬喔。

不用了……

麻衣
這麼說啊……
那孩子，
業界都叫她
「貪心的麻衣」，
很出名呢。

別人的東西
什麼都想要
……

麻衣來我們店裡時
我就這麼想了，
說不定可以因此
跟他分手。

所以
妳是故意
湊合他們？

嘻嘻……
老闆，
大蒜炒飯，
不要香菜。

我終於……
排毒了！
加奈子小姐
現在跟有錢的男友一起住。
那個人已經追她很久啦！

好。

第 266 夜◎谷中生薑肉卷

兩個半月後
要舉辦婚禮的高梨
好像得了
婚前憂鬱症。

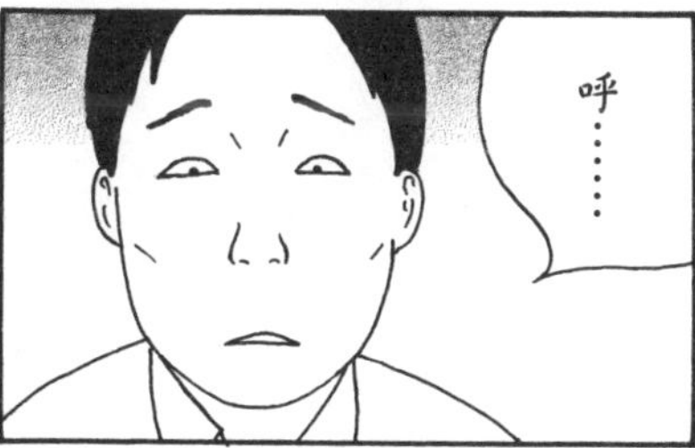

※ 參照第 16 集第 216 夜〈谷中生薑〉。

※ 東京幡古的酒菜屋「水無月」贊助

我也要
那個。
好。

高梨，
你不會是
搞上別的
女人了吧
?!

不是，
只是……覺得
好像還有事情
沒做……

友美是高梨第
一個交往的女
朋友。

第一個……
你現在幾歲？

三十六。

真沒女人
緣……
嗯，
完全沒
有。

所以才會
覺得還有
事情沒做啊。
就算這樣
也不行！

高梨，女朋友不是數目多就好。你以為會有比小友更好的女人喜歡你嗎？之前完全沒有女人緣的說！

小壽壽桑，不必這麼說啊。

可是……
呼……
總之，這就是婚前憂鬱症吧。

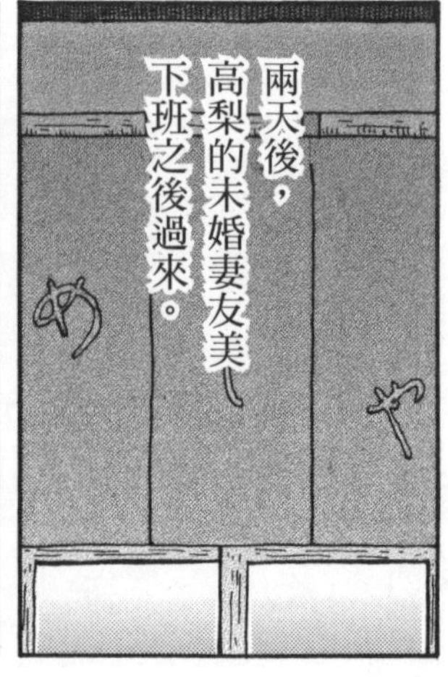
兩天後，高梨的未婚妻友美下班之後過來。

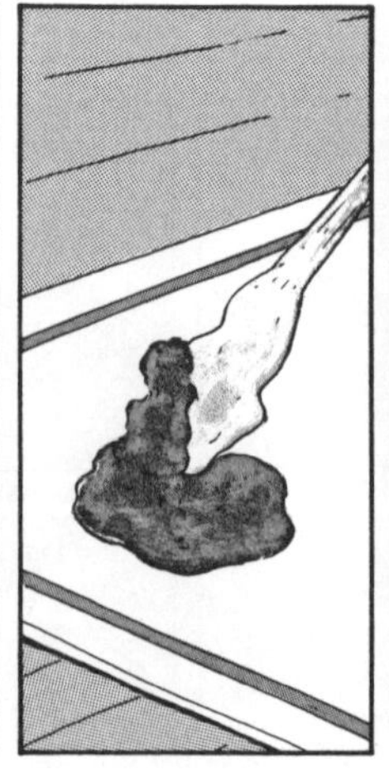

阿梨很久沒哭了。以前幫他縫個釦子他都會哭的……

情人節送他巧克力，他都泣不成聲呢。
對啊！幫他洗頭，他肩膀一抽一抽的。嘻嘻……

小友啊，為什麼想跟高梨結婚？

嗯……跟他在一起很安心。而且不管我替他做什麼，他都會說「謝謝」。

哎?!

這是招待的。

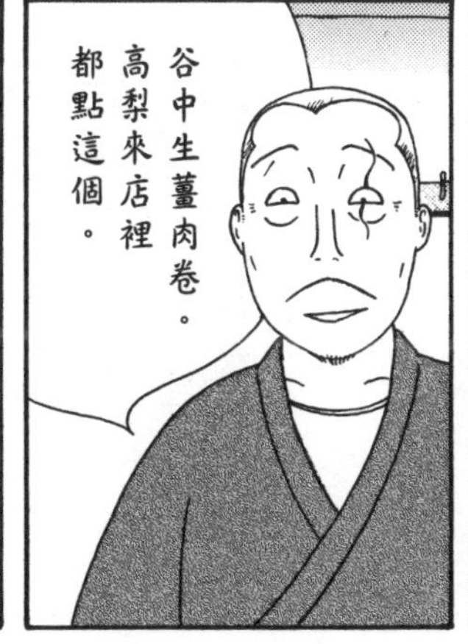
谷中生薑肉卷。高梨來店裡都點這個。

謝謝，我開動了！

嗯！

我也在家裡做做看這個吧……

友美離開後——

真意外……好像友美比較喜歡他呢。

是啊，說不準的。

嘻嘻……

喜歡……

阿妙……

……

兩天後高梨來了，臉色很難看。問他原因，他說昨天一起床友美就很不高興，之後就一直不跟他說話。

你做錯了什麼事嗎？

沒有……我完全摸不著頭緒……

喀啦

不好意思，這麼晚了。
進來的是高梨的大學同學，和他同社團的望月先生。

恭喜。
謝謝。

真是太好了，找到那麼好的對象。老實說我以為高梨要一輩子單身了。
我也這麼以為。哈哈……

不過，婚宴我會一個人去。在你大喜的時候真不好意思……

我們離婚了。阿妙跟她老闆有一腿。

哎，阿妙?!

阿妙是社團之花，
畢業後跟望月先生
結婚。其實高梨也
喜歡她，大學時曾
經告白過。

我喜歡妳……
阿妙。

能……
能跟我
交往嗎？

對不起，
我在跟
望月交往了。

這樣啊，
跟望月
……

因為聽到
阿妙這個名字……
高梨最近
作了當初告白時
被她拒絕的夢。
他把這件事
告訴未婚妻……

一星期後，言歸於好的高梨跟友美來了。
今天去試穿婚紗。

阿梨看見我穿婚紗就哭了呢。

哎，一定很美吧！

阿梨，怎樣？

小友……
謝、謝謝妳願意嫁給我……

看見他那樣，我也哭個不停了……

恭喜，你們真是天作之合啊！

第267夜◎冷茶泡飯

用鹽調味過的茄子、黃瓜
加上切碎的紫蘇葉、蘘荷和生薑，
放在沖過水的白飯上，
淋上用冰水沖泡市售的海苔茶泡飯料，
就是店裡的冷茶泡飯。

喀
啦

最近沒有食慾。
做點什麼開胃的吧。

歡迎光臨。

好。
岡野先生是不是又瘦了？

女朋友年輕就需要體力嘛！

還好啦。

吃吃看這個冷茶泡飯。

哎……我開動了。
咻
咻
咻

這個
可以！

是吧?!
沒有食慾的
時候
這個最好！
老闆，
再來半碗！
喂，
喂。

喂，
店關門了嗎？
燒肉?!
饒了我吧。
我在深夜食堂。
嗯……
知道了，
待會兒去接妳。

女朋友？

嗯……

她跟店裡的同事
去吃燒肉，
問我要不要
一起……
因為我是
她的錢包吧。

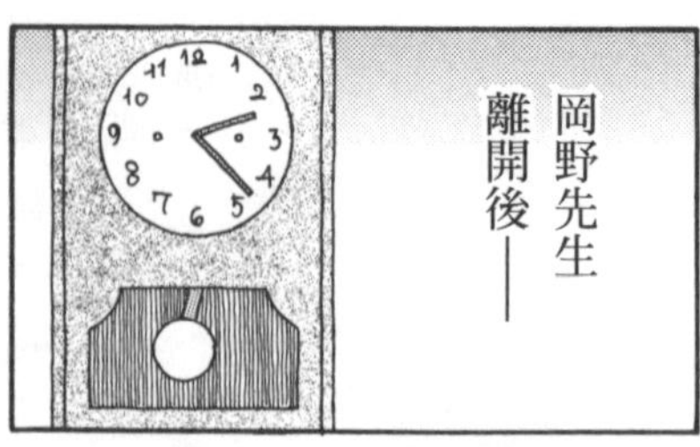
岡野先生
離開後——

嗯，
好像是他
以前的學生。
岡野先生在
當作家之前
在高中教了
很久的書。

岡野先生的
女朋友
是酒家女？

他不是
有太太嗎？

太太好像在熊
谷當國中教務
主任。他在四谷
租屋當工作室。

他太太知道
有小三嗎？
誰曉得
……

岡野先生
好像很喜歡
店裡的冷茶泡飯。
兩天後——
め
し
や

他帶傳說中的小三來了。
老闆，茶泡飯，要冷的！
夏美也要！

好。

冷茶泡飯，久等了。
我開動了。

嘶
嘶
嘶

咻
咻

怎樣，不錯吧？
嗯，雖然很好吃，但覺得不太夠。

這樣啊，不太夠啊……
老師得增加一點精力才行！最近完全不行啊。

不好意思……

岡野先生，這是你以前的學生？

哎？嗯……
老師是我高一的導師。
大概一年前，他被編輯帶去酒家，兩人感激地（？）重逢，然後就開始交往了。

能做點增加精力的東西嗎？

增加精力的東西啊……
♪

哎？突然住院?!

?!

電話是從熊谷的醫院打來的。岡野先生的太太突然住院。院方從手機的聯絡人找到號碼打過來。岡野先生慌忙叫了計程車趕去醫院。

老師的太太是殺都殺不死，那種健康的人啦。

哎，妳認識他太太啊?!

嗯，國中時的體育老師。

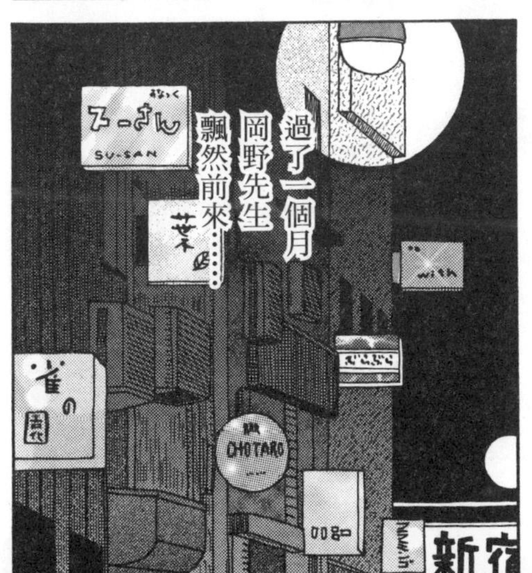
過了一個月
岡野先生
飄然前來……
スーさん
SU-SAN
菜
with
CHOTARO
新宿

沒想到老婆會比我先走。

?!

她病情好轉了一陣子，還有說有笑，但又忽然急轉直下……

這樣啊……

老闆，茶泡飯。要熱的，梅子口味。
好。

嘶
嘶
嘶

呼。

我老婆半年前開始外遇……
哎?!

她過世之後，我看她手機才發現。

我沒有很驚訝。不如說我老婆還是個女人這件事比較讓我驚訝。
我早就忘了她是個女人了。

你太太怎麼沒有刪掉手機裡的資料呢，她不是一度好轉嗎……

可能就是要給我看的吧。

香代子……
岡野先生之後再也沒來了。

他以前的學生夏美
在下雪的日子
突然帶了男人過來——
めし

可以做冷茶泡飯嗎？

料跟夏天的不一樣，妳要吃我就做囉。

那要兩份！

我們倆都熱情如火，快不行了呢～～
嗯！

來，久等了。
對了，岡野先生還好嗎？

不知道。可能回熊谷了吧。太太過世以後他說不想再碰女人了。

清口菜

中村高中棒球隊的故事

去年（二〇一六年）秋天，我的母校中村高中棒球隊在高知縣大賽中獲得優勝，我收到好幾封簡訊通知時，不由得唱起了中村高中的校歌。雖然第二段跟第三段歌詞的後半不太確定，但還是唱完了。很好，這樣就沒問題了，我想。

學會唱中村高中的校歌，是四十年前我國三時的春天。當時，中村高中每次在選拔賽中獲勝，就會反覆播放校歌（一九七七年，第四十九屆選拔賽，中村高中準優勝）。我想那時幡多郡（高知縣西南地區）幾乎人人都會唱中村高中的校歌。

今年二月中，我交出原稿跟編輯開會的時候，他跟我說：

「安倍老師，要畫的話就只有下一回了喔！」

下一回的發售日是三月二十號（後來這天也是中村高中出賽的日子），剛好適合畫甲子園的故事。要畫的話就趁現在。

我將男主角的背景設定為，母校時隔四十年，才又獲得21世紀名額進入高中棒球春季選拔賽。他的同學則是棒球隊的教練。

中村高中現任棒球隊教練橫山真哉，是我高中二年四班的同班同學。

我記得高二的時候，在安並體育館的角落和他聊過天。那天是球技大賽，我們的隊伍已經比完，我們留在旁邊觀摩別人。

當時有個電視節目叫做《美好的夥伴》（すばらしき仲間），邀請活躍於各行各業的好朋友三四人，在有共同回憶的地方或某人的別墅相聚聊天。

將來我們要出名，去上那個節目！

橫山要當職業棒球選手，崇拜具志堅用高（譯註：日本前拳擊手，沖繩人。曾為世界拳擊協會輕蠅量級冠軍）的畑中要當職業拳擊手，我要當漫畫家。我不記得本田雅人在不在場，但他當然要當音樂家。這是三十八年前，我們未來的夢想。

大學時，橫山跟畑中到我在高圓寺的住處找我。橫山當時在明治大學的棒球隊，但他肩膀受傷，只能負責計分。接著他說了夏天從東京走回土佐清水老家的故事。

走路最辛苦的是，沿著看不見盡頭的直路走上一小時左右，就會不知道自己置身何處。

身上沒錢了，正在大阪的港口茫然看著海的時候，有個開長程的貨運司機出聲叫他，他告訴司機自己從東京要走路回土佐清水，那人就帶他去搭渡輪到四國（當時本四架橋還沒有建好）。這件事我記得很清楚。

這次畫漫畫的時候，我想把這件事畫進去。思考故事時我突然想起，橫山為什麼要做這種蠢事呢？那時他可能有跟我解釋，但我不記得了。

或許跟他肩膀受傷有關係吧。我打電話給同屬中村高中棒球隊、跟橫山也很熟的同學川口，果然如我所料。

當時橫山似乎是這麼決定的：要是無法徒步走回清水，就放棄棒球；要是走到了，就以當教練為目標繼續奮鬥。

二〇一七年三月二十日，甲子園不冷不熱，正是加油吶喊的好天氣。一壘邊的觀眾席上擠滿了穿著「一心只為甲子園」上衣的觀眾。有一半的人都是來替中村高中加油的，觀眾席上幡多方言滿天飛。對手前橋育英高中雖然先得分，但加油聲越來越熱烈。為了這一天，本田特地做了一首加油歌曲，由銅管樂團演奏（本田也依約親自吹了薩克斯風！）。觀眾席上同聲加油、傳遞毛巾、敲著喇叭型加油棒，真的是一心只為甲子園。

九局上半，中村高中得到了眾所矚目的一分。觀眾席上全體起立，入神地看到最後。比賽結束，中村高中棒球隊整隊朝觀眾脫帽行禮，讓人心中一緊。

謝謝你們，中村高中棒球隊。

那麼，讓我們相約下次在甲子園，比賽結束後一起唱校歌吧！

啊啊～中村

我們的母校～中村

※這篇文章是根據刊載於高知縣西南地區的情報誌《HATAMO～RA》（二〇一七年四月號）上，安倍夜郎先生的專欄「隨意聊聊」（なんちゃあない話）的內容重新修訂而成。

深夜食堂YY0319

深夜食堂19

作者

安倍夜郎（Abe Yaro）

一九六三年二月二日生。曾任廣告導演，二〇〇三年以《山本掏耳店》獲得「小學館新人漫畫大賞」，之後正式在漫畫界出道，成為專職漫畫家。《深夜食堂》在二〇〇六年開始連載，隔年獲得「第五十五回小學館漫畫賞」及「第三十九回漫畫家協會賞大賞」。由於作品氣氛濃郁、風格特殊，四度改編日劇播映。同時於二〇一五年首度改編成電影，二〇一六年再拍電影續集。

譯者

丁世佳

以文字轉換糊口二十餘年，英日文譯作散見各大書店。對日本料理大大有愛；一面翻譯《深夜食堂》一面照做老闆的各種拿手菜。

美術設計 黑木香
裝幀設計 佐藤千惠+Bay Bridge Studio
版面構成 兒日
內頁排版 黃雅藍
手寫字體 鹿夏男
責任編輯 詹修蘋
行銷企劃 王琦柔、巫芷紜
版權負責 陳柏昌
副總編輯 梁心愉

初版一刷 二〇一七年十二月四日
定價 新臺幣二〇〇元

ThinKingDom 新経典文化
發行人 葉美瑤
出版 新經典圖文傳播有限公司
地址 臺北市中正區重慶南路一段五七號一一樓之四
電話 02-2331-1830 傳真 02-2331-1831
讀者服務信箱 thinkingdomtw@gmail.com
部落格 http://blog.roodo.com/thinkingdom

總經銷 高寶書版集團
地址 臺北市內湖區洲子街八八號三樓
電話 02-2799-2788 傳真 02-2799-0909
海外總經銷 時報文化出版企業股份有限公司
地址 桃園縣龜山鄉萬壽路二段三五一號
電話 02-2306-6842 傳真 02-2304-9301

深夜食堂 / 安倍夜郎作；丁世佳譯. -- 初版. --
臺北市：新經典圖文傳播, 2017.12-
152面；14.8X21公分

ISBN 978-986-5824-92-1（第19冊：平裝）

深夜食堂19